DIZAIN

DE SONNETS

1ʳᵉ SÉRIE

RÊVE D'AMOUR

PAR

L.-P. GIULIANI

Prix : 50 centimes

PARIS

Librairie universelle de **A. CHÉRIÉ**, Imprimeur-Éditeur

13, rue de Médicis, 13

1878

LE RENOUVEAU

Avril est revenu ! Sous ses tièdes haleines,
Se raniment les prés, les buissons, les guérets ;
Un feu divin parcourt les coteaux et les plaines,
Les chansons des oiseaux éveillent les forêts.

Sous la mousse, à l'abri des hêtres et des chênes,
Eclosent mille fleurs, pleines de doux attraits ;
En riant, de l'hiver elles rompent les chaînes,
Témoin la violette aux parfums indiscrets.

Un sang plus généreux bouillonne en nos artères,
Et le vieillard lui-même, à ses pensers austères,
Se dérobe parfois et se laisse charmer ;

Mais combien plus suave est la saison nouvelle
Au cœur qui garde encore une vive étincelle,
A toute âme qui s'ouvre au doux besoin d'aimer !

EVA

Il n'est plus, l'heureux temps pour notre froide terre,
Où parfois aux mortels apparaissaient les Dieux,
Où Diane et Vénus, dans l'ombre et le mystère,
Pour un amour terrestre abandonnaient les cieux.

Le poëte inspiré, le rêveur solitaire,
Quand un songe furtif vient briller à ses yeux,
Les évoque et soudain sur son visage austère,
S'épanouit bien vite un sourire joyeux.

Vous qui craignez d'Eros, l'empire violent,
Si vous la rencontrez, ma jeune charmeresse,
Domptez de votre cœur l'impétueux élan,

Ou tremblez pour vous-même : un œil étincelant,
Un air majestueux, un vrai port de déesse :
N'est-ce point, dites-moi, Diane Chasseresse ?

ESPOIR

Mignonne, dis-moi, l'ai-je bien comprise
La flamme qui brille en ton œil si noir
Où j'ai lu naguère — est-ce point méprise —
En traits fugitifs, ces mots : doux espoir.

Plus tendre est toujours la voix de la brise,
Plus charmant, plus pur, le calme du soir,
D'un azur plus vif, le beau ciel s'irise
Si de loin, parfois, je puis t'entrevoir.

En secret, mon cœur plein de toi soupire,
Alors parais-tu, je n'ose achever
L'aveu de l'amour profond qui m'inspire.

Belle, à tes genoux, voudrais-je décrire
Le divin bonheur que j'aime à rêver,
Combien est puissant sur moi ton empire.

AMOUR

Oh ! mille fois, l'ai-je baisée
Ta blonde boucle de cheveux ;
Mon cœur renaît sous la rosée
De tes serments, de tes aveux.

A jamais, mon âme apaisée
Rayonnera des plus doux feux ;
Du malheur la chaine est brisée,
Ton amour vient combler mes vœux.

Qu'un autre coure à la victoire,
A tous les faux biens, à la gloire ;
De son erreur, je ris tout bas,

Car la Fortune est inconstante :
Moins fol est l'espoir qui me tente :
Tu veux m'aimer jusqu'au trépas.

LE REVOIR

Qu'il est doux le retour près de la bien-aimée,
On conte son bonheur aux arbres du chemin;
Quel intense plaisir de lui baiser la main,
Et de reprendre encor la place accoutumée.

Mais du doute pourtant notre âme est opprimée,
En songeant aux reflux du pauvre cœur humain.
Ce qu'il était hier, le sera-t-il demain ?
N'y retrouverons-nous que cendre et que fumée ?

De l'indomptable amour, mystérieux pouvoir,
Il nous plie à ses lois par la force ou l'adresse;
Pour un amant sensible et prompt à s'émouvoir,

Il n'est si lourd chagrin, si complète allégresse,
Qu'il ne puisse éprouver au moment du revoir.
Que faut-il ? un mot froid, une tendre caresse.

DÉCEPTION

Pourquoi me refuser une aimable parole,
Un sourire, un regard : peu suffit à mon cœur.
Sous le faix des soucis, mon âme se désole,
Vous m'accueillez pourtant d'un petit air moqueur.

Ah ! vous le savez trop, vous êtes mon idole,
Un despote chéri sur moi règne en vainqueur ;
Votre amour — on l'assure — est léger et frivole,
Je veux boire à longs traits, sa trompeuse liqueur.

Dans le passé brillant je me plonge sans cesse :
Pourrais-je du bonheur chasser le souvenir ?
Mon hôte une saison ne doit-il revenir ?

Mais pour vous plaire encore, ai-je au moins la jeunesse ?
S'ils m'ont fui sans retour, mes radieux vingt ans,
Mon cœur n'a point vieilli, l'amour est son printemps.

LA SOURCE

Du sein de la colline, elle sort goutte à goutte
L'humble source, et déjà les mousses, les cressons
Par ses ondes baignés, lui forment une voûte
Où rien ne la dévoile... à peine quelques sons;

Hardiment au soleil, elle poursuit sa route,
Et devient l'abreuvoir des merles, des pinsons;
Puis ruisseau nonchalant, fleuve que l'on redoute,
Car ses flots furieux dévastent les moissons.

La mer immense enfin, la reçoit et la brise
Aux flancs de ses écueils; l'ouragan ou la brise
La ravit sur son aile et l'emporte au ciel bleu.

Ainsi l'ardent amour, en notre âme indécise,
Germe sans bruit, s'élève et bientôt la maîtrise,
Se déchire lui-même... et s'éteint peu à peu.

SOUVENIR

Dans une heure maudite — indicible souffrance —
J'ai vu de mon Eden clore à jamais le seuil;
Alors du noir sépulcre éloignant l'espérance,
J'ai déchiré mon cœur et l'ai mis au cercueil.

Depuis, j'attends la mort comme une délivrance !
Du bonheur disparu, si je porte le deuil,
Si pour tous les plaisirs, je n'ai qu'indifférence,
Si je cache ma plaie avec un fol orgueil:

Je veux, bravant du moins le destin qui m'écrase,
Me rappeler toujours la délirante extase,
Dont m'enivrait jadis l'enfant qui m'a charmé.

Qu'importe du présent l'infortune cruelle:
De l'amour j'ai connu la splendeur éternelle,
Le ciel pour moi s'ouvrit : un jour, je fus aimé !

OCTOBRE

Soir et matin, de la vallée
La brume estompe les contours;
Vers d'autres cieux, d'autres amours,
L'hirondelle a pris sa volée.

Des forêts, toute voix ailée
S'enfuit; les corbeaux, les autours,
De leurs cris sinistres et sourds,
Fatiguent l'âme désolée.

Au deuil serein de la nature,
Se mêlent nos pleurs, nos regrets;
Des prés, des champs, de la ramure,

Renaitront les divins attraits;
Mais avec la saison nouvelle,
Toute âme aussi fleurira-t-elle?

LE REPOS

Depuis que j'ai vu fuir l'amour et son ivresse,
Pour toujours, le repos de mon âme est banni;
Mon cœur ne ressent plus qu'une morne tristesse,
Tout mon être est courbé sous un poids infini.

Au gré de mes désirs, que ne puis-je, ô vieillesse,
Goûter l'apaisement de ton sommeil béni;
Que ne puis-je oublier? Hélas, j'entends sans cesse,
Une amère parole : Adieu! tout est fini!

Et bien, soit, finissons. A grands cris, je t'appelle,
O Mort, tu me seras une amante fidèle,
Hâte-toi... Me trompé-je! Il me semble te voir

Préparer dans la Nuit, la couche nuptiale:
Et les tempes en feu, pressant l'arme fatale,
J'allais... quand devant moi se dressa le Devoir!

LIBRAIRIE UNIVERSELLE DE A. CHÉRIÉ.

Bureaux à Paris, 13 rue de Médicis, Paris.

Journaux littéraires publiés par la Librairie universelle.

REVUE DES POÈTES

ET DES AUTEURS DRAMATIQUES

(7ᵉ année).

Bi-mensuel, impression en caractères Elzévirs : papier de luxe. — 12 fr. par an; 6 mois, 7 fr.

LE · SONNETTISTE

(5ᵉ année).

Recueil poétique et littéraire, paraissant les 10 et 25 de chaque mois. — 12 fr. par an : 6 mois, 7 fr.

Concours mensuels ou trimestriels; médailles : vermeil, argent et bronze; compte rendu des ouvrages déposés à la direction (2 exemp.), services aux journaux, etc.

Les deux journaux pris ensemble : 1 an, 20 fr.; — 6 mois, 10 fr. 50.

Paiement par mandats-poste ou timbres à l'adresse de M. A Chérié, directeur.

Neufchâteau. — Imp. Beaucolin.

www.ingramcontent.com/pod-product-compliance
Ingram Content Group UK Ltd.
Pitfield, Milton Keynes, MK11 3LW, UK
UKHW021725130726
13696UKWH00006B/2533